UNHEILS-
STRUDEL
Mond Garr
Alpha-Quadrant
Planet
Mingus
Beta-Quadrant
Planet
Erde
COSMOS ROUTE

GALAXY FORCE

Max Silver

Coloss, Berg des Bösen

Alle Abenteuer der *Galaxy Force*:

Band 1: *Coloss, Berg des Bösen*
Band 2: Infernox, Herrscher des Feuers
Band 3: Zilla, Giftzahn des Grauens
Band 4: Hydronix, Orkan des Ozeans

Max Silver

GALAXY FORCE

Coloss
Berg des Bösen

Aus dem Englischen
übersetzt von Sandra Margineanu

Loewe

FSC
www.fsc.org
MIX
Papier aus verantwortungsvollen Quellen
FSC® C083411

ISBN 978-3-7855-7537-6
1. Auflage 2013
Die Originalausgabe ist 2011 in Großbritannien bei Red Fox,
einem Imprint von Random House Children's Books,
unter dem Titel *Rockhead, The Living Mountain* erschienen.
Published by arrangement with Random House Children's Books,
one part of the Random House Group Ltd

Aus dem Englischen übersetzt von Sandra Margineanu
Umschlagillustration: © Dynamo Design
Umschlaggestaltung: Elke Kohlmann
Innenillustration: © Siku
Printed in Germany

www.loewe-verlag.de

Inhalt

Erdlinge aufgepasst!

Mein Name ist G1. Ich bin Chef der Galaktischen Sicherheitskräfte, genannt G-Wache, und habe eine wichtige Nachricht für euch.

Wir befinden uns im Jahr 2121. Unsere Planeten werden von einem Gesetzlosen angegriffen. Sein Name ist Kaos. Er hat fünf mächtige Außerirdische in unsere Galaxie gebeamt und ihnen befohlen, sie zu zerstören. Wenn ihnen das gelingt, bedeutet dies für uns alle das Ende.

Wir müssen alles tun, um die Außerirdischen aufzuhalten. Mehr noch: Wir brauchen einen Helden, der uns rettet. Einen, der sich in die gefährlichsten

Regionen des Weltalls wagt. Einen, der mit ungewöhnlichem Mut gegen die Eindringlinge kämpft. Einen, der die Kraft des Universums besitzt! Dieser Held ist ein Menschenjunge. Er ist unsere einzige Hoffnung.

Die Drohung

Tief in der Galaxie, auf einem nur wenigen bekannten purpurroten Mond namens Garr, arbeitete G1 noch spät am Abend. Der Chef der Galaktischen Sicherheitskräfte trug einen goldenen Raumanzug und stand vor einer riesigen Videoleinwand im geheimen Hauptquartier der G-Wache.

Er kontrollierte die eintreffenden Satellitendaten. Mit seinen silberfarbenen Augen überflog er die ankommenden Bilder: Luftschiffe sausten durch die Hwang-Metropolis, eine Raumstation umkreiste den Planeten Juno und eine Kolonne Frachtschiffe fuhr auf der Surian-

Kometenbahn. „Keine Notfälle heute Nacht“, dachte er erleichtert.

Plötzlich flackerten die Bilder. Dann froren sie ein und die Übertragung der Satelliten stockte. G1’ silbrige Augen weiteten sich alarmiert, als auf der Videowand das Bild eines fünfköpfigen Außerirdischen erschien.

„Sei gegrüßt, G1“, zischte der Außerirdische.

G1 verschränkte die Arme. „Kaos, du verdirbst mir die Aussicht.“

Mit finsterer Miene betrachteten die fünf Gesichter des Außerirdischen den Chef der Sicherheitswache. „Das ist deine letzte Chance, G1. Ergib dich und überlasse mir die Galaxie, sonst werde ich meine Kampfmaschinen von der Leine lassen.“

Der Bildausschnitt wurde größer. Kaos stand im Frachtraum eines riesigen

Raumschiffs. Hinter ihm ragten fünf monströse Außerirdische auf: Einer sah aus wie ein lebendiger Berg, ein anderer wie ein Feuerball, einer hatte Reißzähne und Spinnenbeine, ein anderer schleimige Tentakel und einer war leuchtend grün.

G1 starrte die gigantischen Außerirdischen schockiert an.

Die fünf Gesichter von Kaos grinsten. „Begrüße Coloss, Infernox, Zilla, Hydronix und Atomik. Sie kommen aus dem Unheilsstrudel und ich habe ein kleines Geschäft mit ihnen vereinbart: Ich beame sie in deine Galaxie – und sie zerstören sie!"

„Kaos, ich befehle dir, damit aufzuhören!", rief G1.

Aber Kaos lachte nur. „Die Galaxie gehört mir, G1."

Coloss, der Berg des Bösen,

schmetterte seine Felsfäuste gegeneinander. „Zerstören!“, brüllte er. Dann flackerte das Bild und die Übertragung brach ab.

Hastig nahm der Chef der Sicherheitskräfte seinen handgroßen Kommunikator aus dem Gürtel und sprach hinein: „G1 ruft Agentin Nuri.“

Eine Stimme antwortete: „Was ist los, Chef?“

„Das Schlimmste, was man sich vorstellen kann“, sagte G1. „Kaos will Außerirdische aus dem Unheilsstrudel in unsere Galaxie beamen, damit sie alles Leben auf den Planeten zerstören.“

„Aus dem Unheilsstrudel? Sie werden nicht zu stoppen sein, Chef!“

„Es gibt nur eine Hoffnung. Hole sofort den Erdling.“

„Aber Chef, er ist doch noch ein Junge.“

G1 blickte durch ein Fenster zum sternenübersäten Himmel. „Wir müssen hoffen, dass er bereit ist. Die Zukunft der Galaxie hängt von ihm ab. Ohne ihn sind wir alle verloren.“

Abschied von der Erde

„Das Raumschiff ist doch noch nicht abgeflogen, oder?“, fragte Cosmo.

„Wir beeilen uns besser“, antwortete seine Mutter.

Atemlos liefen sie durch die Menschenmenge in der Eingangshalle. Die Leute warteten auf Flüge quer durch die Galaxie: Familien wollten Urlaub auf dem paradiesischen Planeten Ozeania machen; Rucksacktouristen brachen zu einer Reise in den Wilden Westen auf und Geschäftsmänner flogen zu Konferenzen in Megapolis. Auch Außerirdische landeten hier, die entweder die Erde besuchen wollten oder Anschlussflüge zu anderen Planeten

nahmen. Cosmo und seine Mutter rannten an einer Familie langnasiger Lunarier vorbei, die ihr Gepäck auf dem Kopf trugen. Dann tauchten sie zwischen den Beinen eines Marsianers durch, der fast so groß war wie die Wartehalle. Schnell quetschten sie sich an dicken Glopons vorbei, die Brötchen aus dem Flughafen-Bistro aßen.

Cosmo betrachtete sein Spiegelbild in der Scheibe des Bistros und entdeckte, dass sein Rucksack halb offen stand. Ein T-Shirt hing heraus – er hatte so hastig gepackt! Er trug unterschiedliche Socken, eine grün und eine rot, und sein braunes Haar war ungekämmt. „Oh, ich wünschte, ich hätte nicht verschlafen“, dachte er. Aber er war gestern Abend so aufgeregt gewesen, dass er nicht einschlafen konnte und seiner Mutter eine Frage nach der anderen über die Galaxie gestellt hatte.

Es war das Jahr 2121 und Cosmo Santos' erste Reise in den Weltraum. Er hatte das Glücksticket im *Space Explorer* gewonnen, einer interplanetaren Zeitschrift. Dreißig Gewinner verschiedener Planeten würden einen Monat lang durch die Galaxie reisen!

Cosmo und seine Mutter betraten die Abflughalle und kontrollierten die Fluginformationen auf der elektronischen Anzeigetafel:

Lunar-Express – Starterlaubnis auf Feld 6
Ozeania-Kreisbahn – Verspätung wegen Solarsturm
Mars-Transporter – Starterlaubnis auf Feld 18
Galaxie-Tour – Zum Einstieg bereit auf Feld 20

„Galaxie-Tour – das ist mein Flug!“, rief Cosmo aufgeregt.

Sie drängten sich durch die Menge zu einem langen Rollsteig, über dem „Abflugfelder 15–30“ stand.

„Entschuldigung … Tut mir leid … Verzeihung …“ Cosmo und seine Mutter sprangen auf den Rollsteig und wie auf einem Fließband gelangten sie zum Startfeld 20.

Cosmo sah eine Flugbegleiterin an einem Schalter stehen. Sie hatte katzenähnliche Augen wie alle Bewohner des Planeten Kline.

„Dein Ticket, bitte“, sagte sie.

Cosmo holte ein silbernes Ticket aus seiner Hosentasche und reichte es ihr. Er wartete gespannt, während sie mit ihrem Finger wie mit einem Scanner über das Ticket strich.

„Willkommen, Cosmo Santos, *Space-*

Explorer-Gewinner von der Erde“, sagte sie. „Freust du dich schon auf die Reise?“

„Und wie!“, antwortete Cosmo.

„Dann komm an Bord.“

Als die Flugbegleiterin die Tür zum Abflugfeld öffnete, sah Cosmo ein silberfarbenes Raumschiff auf der Startrampe stehen. „Ein Typ-3-Kreuzer, super!“, dachte er.

Er war schon einmal mit diesem Raumschiff geflogen, in einem Computerspiel, das er von seinem Vater bekommen hatte. Es hieß *Flug-Simulator Pro*. Typ-3-Schiffe waren schnell. Sie hatten Zwillingsschubdüsen und Hyperantrieb. Er konnte erkennen, dass der Pilot im Cockpit ein Android war. Cosmo beobachtete, wie der Roboter der Reihe nach die Schalthebel kontrollierte.

Seine Mutter strich ihm übers Haar.

„Tschüss, mein Schatz. Wir sehen uns in einem Monat“, sagte sie. „Ich wünschte, dein Vater könnte dich jetzt sehen.“

„Ich auch“, erwiderte Cosmo und umarmte sie fest.

„Cosmo, kommst du bitte mit, wir müssen los!“, rief die Flugbegleiterin vom Startfeld.

Cosmo rannte hinter ihr her zum Raumschiff. Als die Bordtür zur Seite glitt, warf er seiner Mutter einen letzten Blick zu. Sie winkte und er winkte zurück, dann folgte er der Flugbegleiterin über die Fahrgasttreppe an Bord.

Die anderen Gewinner saßen alle schon auf ihren Plätzen. Jeder kam von einem anderen Planeten. Cosmo lief den Gang hinunter und erkannte einige Außerirdische aus dem *Lexikon der Außerirdischen*, einem alten Buch seines Vaters. Er bemerkte einen Ozeanier mit Schwimmhäuten zwischen den Fingern, der eine Limo trank. Eine Kruzianerin mit sechs Armen las sechs verschiedene Ausgaben des *Space Explorer* und ein Merve trug vier Sonnenbrillen, um seine acht Augen zu schützen.

„Ob sie mich auch so merkwürdig finden wie ich sie?“, fragte sich Cosmo.

Die Flugbegleiterin blieb vor einem leeren Sitz in der Mitte des Raumschiffs stehen. „Das ist dein Platz.“

„Danke sehr“, entgegnete Cosmo und ließ sich in den großen schalenartigen Sessel fallen. Er war mit einer Konsole ausgestattet und man konnte durch ein kleines Sichtfenster einen Blick aus dem Raumschiff werfen.

„In der Armlehne findest du einen Wortwurm“, erklärte die Flugbegleiterin. „Er hilft dir, die Mitreisenden zu verstehen.“

Cosmo betrachtete die anderen

Passagiere und hörte sie in fremden Sprachen reden. Als die Flugbegleiterin weiterging, öffnete er die Armlehne und entdeckte in einem Schälchen einen kleinen orangefarbenen Wurm.

Ein Mädchen im Sessel gegenüber sagte etwas zu ihm: „Ning den. Voola pip-pip.“ Sie trug einen roten Rauman-zug und hatte aquamarinblaue Haut und spitze Ohren.

„Warte eine Sekunde – ich kann dich nicht verstehen“, antwortete Cosmo. Er hob den Wortwurm hoch und spürte, wie er sich zwischen seinen Fingern wand. Vorsichtig steckte er ihn in sein Ohr, wo er sich tief eingrub.

Das Mädchen sprach erneut und klang diesmal ganz anders. „Ich habe gesagt, dass der Wurm harmlos ist. Es kitzelt nur ein bisschen, wenn er ins Ohr kriecht“, wiederholte sie.

Der Wortwurm übersetzte ihre Worte, noch während sie sprach!

„In der Schule haben wir so einen Wurm als Klassentier“, erzählte Cosmo. „Und mein Lehrer für Weltallwissenschaften meint, dass er über zwanzig Millionen galaktische Sprachen beherrscht.“

„Du kommst von der Erde, richtig?“, fragte das Mädchen.

„Ja“, antwortete Cosmo. „Das ist meine erste Reise ins All. Von welchem Planeten stammst du?“

„Etrusia im Adlernebel. Ich bin schon oft durchs All gereist.“

In diesem Moment ertönte eine Ansage über die Sprechanlage. „Bitte achten Sie darauf, dass Ihr Gepäck gut unter Ihren Sitzen verstaut ist. Stellen Sie Ihre Lehnen in eine aufrechte Position. Wir werden gleich starten“, sagte der Pilot.

Cosmo stopfte seinen Rucksack in ein

Fach unter seinem Sitz. „Los geht's", sagte er zu dem Mädchen gegenüber.

„Ich hoffe, du bist bereit für ein Abenteuer", erwiderte sie.

„Aber sicher!"

Das Mädchen lächelte, dann sah es aus dem Fenster.

Cosmo blickte ebenfalls nach draußen und beobachtete, wie die Fahrgasttreppe zur Seite gerollt wurde. Dann erklang über den Lautsprecher der Countdown des Piloten: „Zehn … neun … acht … sieben … sechs …"

Cosmo spürte, wie sich die Startrampe bewegte und das Raumschiff steil zum Himmel aufrichtete. Er lag jetzt auf dem Rücken in seinem Sessel. Die Maschinen begannen immer lauter zu brummen.

„… fünf … vier … drei …"

Cosmos Sitz bebte.

„… zwei … eins … Start!"

Die Zwillingsschubdüsen zündeten. Vor Cosmos Fenster loderten Flammen auf. Mit einem röhrenden Dröhnen erhob sich das Raumschiff in die Luft. Der Antrieb war gigantisch. Das ganze Schiff wackelte und Cosmo wurde in seinen Sessel gedrückt, als es durch die Wolken schoss.

Er hatte sich noch nie so schnell fortbewegt. Innerhalb von Sekunden erreichte das Raumschiff die Erdatmosphäre. Seine Seiten glühten feuerrot. Plötzlich wurde es draußen dunkel und Cosmo entdeckte Sternenlichter. Er sah nach unten und beobachtete, wie die Erde kleiner und kleiner wurde. Er war im Weltall! „Wahnsinn!“, dachte er und lächelte, als er durch die Galaxie raste.

Cosmo blickte aus seinem Fenster und merkte nicht, wie das Mädchen ihm gegenüber einen Kommunikator aus dem

Gürtel zog. Es drückte auf einen Knopf und wisperte: „Hier ist Agentin Nuri. Der Erdling ist auf dem Weg."

„Die Zeit drängt", antwortete eine Stimme. „Starte den Test."

„Aber –"

„Kein Aber, Agentin Nuri. Der Junge hat die Fähigkeiten. Die Frage ist nur, ob er sie benutzt – besitzt er wirklich die Kraft?"

Gefahr bei Hypergeschwindigkeit

Das Raumschiff flog durchs All und Cosmo spürte, wie er in der Schwerelosigkeit von seinem Sitz abhob. Er drückte auf einen Knopf an seinem Sessel und aktivierte die eingebaute Schwerkraft, die ihn zurück in den Sitz sinken ließ. Ein paar Tropfen Limo von dem Getränk des Baluvianers schwebten durch die Kabine. Cosmo öffnete den Mund und fing einen Tropfen auf. Er schmeckte nach Banane.

Der Sternenkreuzer flog am Mond vorbei, so nah, dass Cosmo die Lichter der Mondsiedlungen sehen konnte. Cosmo entdeckte andere Raumschiffe: Raumfrachter, Marstransporter und Lieferraketen. Der

Pilot machte eine Durchsage: „Passagiere aufgepasst! Wir erreichen gleich Hypergeschwindigkeit. Machen Sie es sich bequem und genießen Sie den Flug.“

Durch das Sichtfenster erkannte Cosmo, dass sie sich einer Weltall-Hyperbahn näherten, einer der Höchstgeschwindigkeitsstraßen in der Galaxie. Der Sternenkreuzer beschleunigte und die Sterne verwandelten sich in lange weiße Streifen. Sie flogen in Hypergeschwindigkeit und schossen schneller als Licht durch unzählige Sternensysteme.

Cosmo lehnte sich zurück und schaltete seine Konsole ein. Er zappte durch den 4-D-Kinokanal und schaute sich ein paar Zeichentrickfilme an. Dann spielte er zwei Runden *Stargon Superhero*, naschte von den leckeren Flugsnacks und spülte Meteor-Happen und Burger-Bomben mit Limo hinunter.

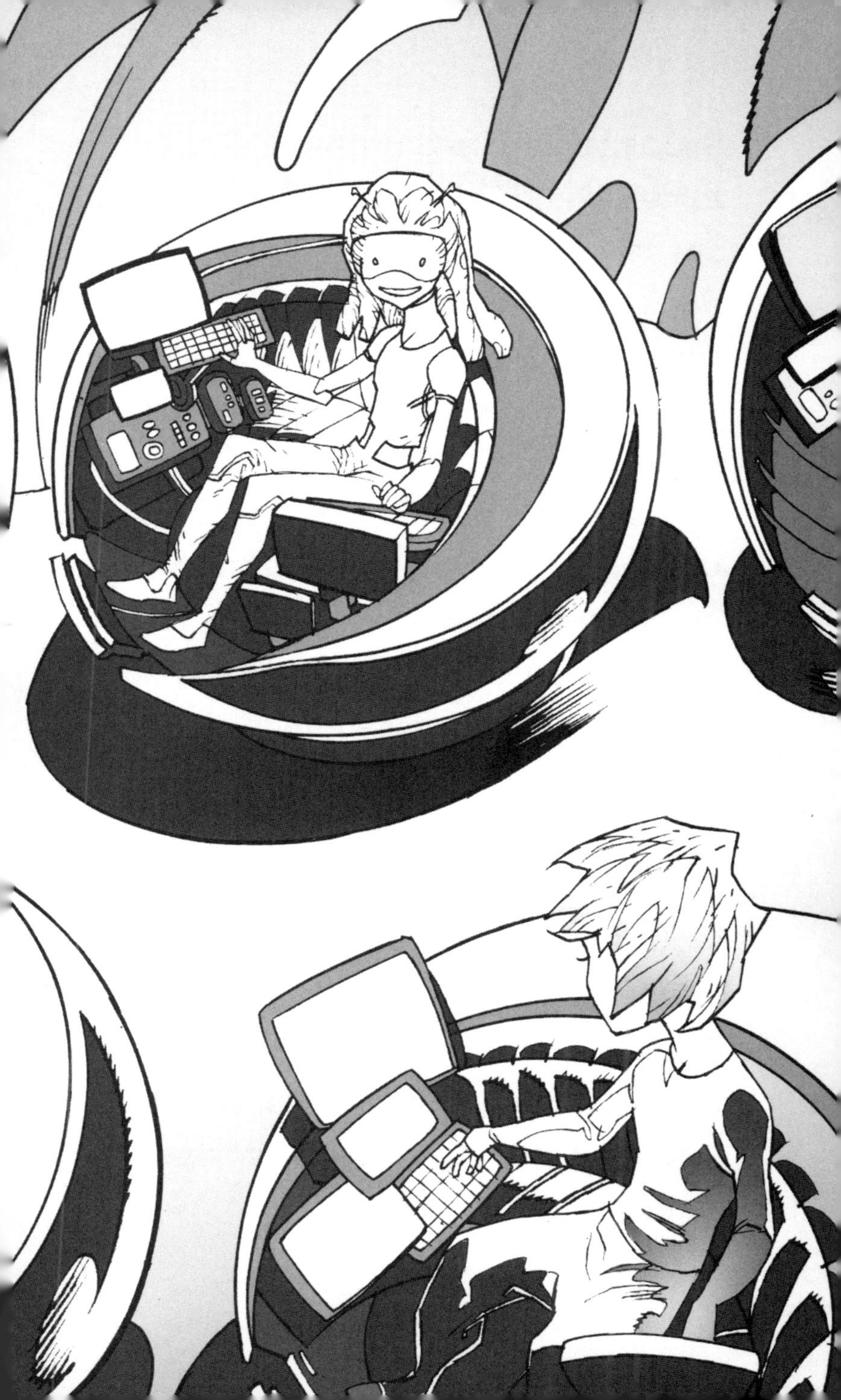

„So macht Reisen Spaß“, dachte er zufrieden und betrachtete die funkelnden Sterne.

Cosmo zog ein abgegriffenes Foto aus seiner Tasche. Es zeigte seinen Vater im Cockpit eines Dragster-5000-Raumschiffs. Sein Vater hatte für die G-Wache gearbeitet, die Galaktischen Sicherheitskräfte. Eines Tages wollte Cosmo auch ein G-Wache-Agent werden, genau wie sein Vater. „Du fehlst mir, Papa“, dachte er. Vor mehr als zwei Jahren war sein Vater bei einem Raumunfall gestorben, aber Cosmo dachte immer noch jeden Tag an ihn.

Plötzlich wackelte der Sternenkreuzer heftig und Cosmo blickte von dem Foto auf. Das Mädchen vom Planeten Etrusia sah ängstlich aus. Ihre blaue Haut war ganz blass geworden. „Was war das?“, fragte sie.

„Vielleicht haben wir nur die Hyperspur gewechselt“, antwortete Cosmo. „Wir fliegen schließlich 800 Millionen Kilometer pro Stunde.“

Doch dann erbebte der Sternenkreuzer erneut. Auf einmal begann er zu taumeln und zu schwanken.

Der Pilot verkündete über den Lautsprecher: „Bitte bleiben Sie ininininininin … Fehler …“

Der Androide klang merkwürdig …

„Feeeehler … Abbrechennn … Abschaltennn.“

„Da stimmt was nicht“, dachte Cosmo alarmiert.

Das Raumschiff kam von der Weltall-Hyperbahn ab und flog nicht mehr mit Hypergeschwindigkeit. Cosmo sah, dass sie auf einen riesigen Planeten zusteuerten, der aus flüssigem Metall bestand. Die Passagiere gerieten in Panik. Schockiert starrte ihn ein Außerirdischer mit antennenähnlichen Augen über den Sesselrand an.

Die Stimme der Flugbegleiterin ertönte: „Passagiere aufgepasst! Dies ist ein Notfall. Unser Pilot hat eine Funktionsstörung und wir haben die Kontrolle verloren. Ist irgendjemand an Bord, der dieses Raumschiff fliegen kann?“

Die Passagiere schrien vor Angst um ihr Leben.

„Wenn irgendjemand das Raumschiff retten kann, dann soll er bitte vortreten.“

Cosmo sah sich um. Niemand trat vor. Alle Passagiere klammerten sich an ihren Sitzen fest und kreischten wild durcheinander. „Jemand muss etwas unternehmen, sonst stürzen wir ab“, dachte er. Er blieb ruhig, seltsam ruhig. Ein merkwürdiges Gefühl machte sich in ihm breit. Ob es Mut oder Wahnsinn war, konnte er nicht sagen. Es war eine starke

Kraft, die ihn drängte, aufzustehen und sich freiwillig zu melden. Auch wenn er wusste, dass das verrückt war. „Ich bin einen Typ-3-Kreuzer im *Flug-Simulator Pro* geflogen“, überlegte er. „Das ist zwar kein echtes Fliegen, aber es ist besser als nichts.“

Er schaltete seine Sessel-Schwerkraft aus und schwebte hoch. Mit den Händen an der Decke hangelte er sich zum Cockpit.

„Ich mache es!“, rief er. Alle Passagiere starrten ihn an.

„Der Erdling wird uns retten!“, schrie ein Sterovianer.

Cosmos Herz klopfte. Er traute sich nicht, ihnen die Wahrheit zu sagen – nämlich dass er noch nie ein echtes Raumschiff geflogen war!

Er öffnete die Cockpittür und sah die Flugbegleiterin, die den Piloten untersuchte. Die Steuerkonsole auf seinem Rücken war aufgeklappt. Sie drehte sich um, als Cosmo hereinschwebte. „Ich kriege ihn nicht wieder an!“, klagte sie.

Der flüssige Metallplanet kam immer näher. Cosmo betrachtete die Kontrollhebel. Sie erinnerten ihn an das Computerspiel *Flug-Simulator Pro*.

„Ich kann dieses Schiff fliegen“, dachte er. „Beruhigen Sie die Passagiere“, sagte Cosmo zu der Flugbegleiterin. „Ich glaube, ich kann uns retten!“

Der Test

Die Flugbegleiterin verstaute den Androiden hinten im Cockpit und ging zurück zu den Passagieren. Cosmo schnallte sich an. „Alles hängt von mir ab“, dachte er, als er nach dem Lenkrad griff. Er drehte es weit nach rechts, aber das Raumschiff reagierte nur sehr schwerfällig. Zu stark war die Anziehungskraft des flüssigen Planeten.

„Planet Mingus wird auch Schiffschlucker genannt“, sagte eine leise Stimme. „Er ist magnetisch.“

Cosmo bemerkte einen kleinen käferähnlichen Roboter, der auf dem Steuerpult saß.

„Wenn wir ihm noch näher kommen, wird er uns schlucken und wir werden schmelzen“, piepste er.

„Wir brauchen mehr Schubkraft“, rief Cosmo. Er zündete die linke Schubdüse und das Raumschiff befreite sich aus dem Magnetfeld des Planeten. „Danke. Wer bist du?“, fragte er.

„Ich bin Hirn-I“, antwortete der kleine Roboter.

„Ich bin Cosmo Santos.“

„Pilot Santos, ich lobe deine Tapferkeit. Ich schlage vor, wir machen eine Notlandung auf Garr. Das ist der Mond, der Mingus umkreist.“

Cosmo sah durch die Frontscheibe und entdeckte einen kleinen purpurroten Mond über dem Metallplaneten. Er steuerte darauf zu.

„Wenn wir die Atmosphäre von Garr erreichen, dürfen wir nicht schneller als vier Vektronen sein, sonst verbrennen wir“, erklärte der Roboter.

Cosmo blickte zum Geschwindigkeitsmesser: acht Vektronen!

„Wir müssen langsamer werden, und zwar schnell!“, überlegte er. Er suchte auf dem Steuerpult nach dem Schalter, um die seitlichen Klappflossen zu schließen.

Der Roboter piepste. „Wo hast du fliegen gelernt?“, fragte er.

„Äh … mit einem Computerprogramm, das mir mein Vater gegeben hat. Man kann aus verschiedenen Raumschiffen auswählen.“ Fieberhaft dachte Cosmo nach. „Wie schließt man die Klappflossen bei einem Typ-3-Kreuzer? Ah, ich hab's!“ Cosmo legte einen Hebel neben dem Steuerrad um und hörte, wie sich die hydraulischen Klappen schlossen. Inzwischen füllte Garr die ganze Front-

scheibe aus. Sieben Vektronen … Der Sternenkreuzer wurde langsamer, aber es reichte noch nicht. Das Schiff bebte heftig, als es in die Atmosphäre von Garr eintauchte. Sechs Vektronen … Er konnte das Lenkrad kaum noch halten, so sehr ruckelte und wackelte der Sternenkreuzer unter dem Druck des schnellen Eintritts. Fünf Vektronen … „Immer noch zu schnell“, dachte Cosmo verzweifelt. „Wir werden auseinanderbrechen!“

Die Nasenspitze des Raumschiffs glühte feuerrot auf. Schweiß rann über Cosmos Gesicht. Er zog am Lenkrad und verringerte den Einfallwinkel. Hoch konzentriert versuchte er alles, um den Flug des Kreuzers zu verlangsamen. Viereinhalb Vektronen … Viereinviertel … Seine Arme zitterten. Die Frontscheibe des Sternenkreuzers war schon feuerrot vor Hitze … Vier Vektronen!

Das Raumschiff rauschte in den Purpurhimmel von Garr.

Er hatte es geschafft!

Weit unter ihnen erstreckte sich eine fremde Landschaft aus scharlachroten Bergen. Garr sah kahl und trostlos aus. Einige Bergspitzen wurden von Mingus' Lichtschein erleuchtet, aber es gab auch Schluchten, die tief in dunklen Schatten lagen.

„Dreh für die Landung fünfzehn Grad nach Westen", sagte der kleine Roboter.

Der Sternenkreuzer sank tiefer und Cosmo drehte das Lenkrad. Er kontrollierte die Höhe auf dem Höhenmesser: 3000 Meter ... 2600 Meter ...

Cosmo steuerte das Raumschiff durch das Gebirge und zwischen zwei Bergspitzen hindurch. Unter sich entdeckte er eine lange gerade Schlucht ohne Felsbrocken, in der sie landen konnten.

Er lächelte. Das war viel besser als *Flug-Simulator Pro*!

Cosmo tastete nach einem Hebel auf dem Steuerpult. „Ich klappe das Fahrgestell jetzt aus“, sagte er zu dem Roboter. Er zog an dem Hebel und hörte ein tiefes, rumpelndes Geräusch.

„Perfekt“, lobte der kleine Roboter. „Bring uns schön sanft runter.“

Als der Sternenkreuzer in die Schlucht tauchte, drehte Cosmo das Lenkrad etwas zurück und hob die Raumschiffnase an. Er machte sich für die Landung bereit – drei … zwei … eins … Die hinteren Räder des Kreuzers setzten mit einem *Rums!* auf dem Boden auf, die Vorderräder hüpften und rutschten hin und her. Gelbe Staubwolken wirbelten auf. Cosmo drückte auf zwei rote Knöpfe und die Bremsklappen öffneten sich. Die Räder kreischten und der Sternenkreuzer kam

am Ende der Schlucht zum Stehen.
Cosmo stieß erleichtert die Luft aus. Er hatte es geschafft – er war mit dem Typ-3-Kreuzer auf einem fremden Mond gelandet! Alle Passagiere waren gerettet!

„Gut gemacht, Master Cosmo“, lobte ihn der kleine Roboter. „Schöne Landung!“

Cosmo lächelte. Es war überstanden!

Er lehnte sich in seinem Sitz zurück und sah aus dem Fenster. Die Flugbegleiterin und die Passagiere gingen von Bord.

„Warum gehst du nicht zu ihnen, Master Cosmo? Draußen ist es sicher. Auf Garr herrscht eine Schwerkraft von neun über null. Es ist warm und es gibt viel Sauerstoff“, piepste Hirn-I.

Cosmo verließ das Cockpit und blieb blinzelnd an der Öffnung der Ausstiegsrampe stehen. Heiße Luft streifte sein Gesicht. In einiger Entfernung sah er den Metallplaneten Mingus am Himmel. Als Cosmo die Rampe hinunterlief, begannen die anderen Passagiere zu klatschen.

„Gut gemacht! Der Erdling ist ein Held!“, jubelten sie, schlossen einen Kreis um ihn und schüttelten ihm die Hand.

Cosmo ging zu der Flugbegleiterin hinüber. „Und was machen wir jetzt?“, fragte er sie.

Sie lächelte und die Menge teilte sich.

Das blauhäutige Mädchen vom Planeten Etrusia kam auf ihn zu. „Was als Nächstes geschieht, hängt von dir ab, Cosmo Santos“, sagte sie.

„Von mir?“, fragte Cosmo. „Wie meinst du das? Und woher kennst du meinen Namen?“ Er war sich sicher, dass er ihr nicht gesagt hatte, wie er hieß.

„Es tut mir leid, aber nicht alles ist so, wie es scheint“, sagte das Mädchen. „Die Notlandung war nicht echt – sie war ein Test.“

Verwirrt blickte Cosmo sie an.

Sie deutete zum Raumschiff. „Guck mal da.“

Der Androide saß wieder im Pilotensessel und winkte ihnen aus dem Cockpit zu.

„Der Pilot hatte keine echte Funktionsstörung. Es war ein Test, um zu prüfen, ob du es wirklich in dir trägst“, erklärte sie. „Wir wollten wissen, ob du bereit bist. Und das bist du!“

Cosmo trat verstört einen Schritt zurück. „Was ist hier los? Bereit wofür?“, fragte er.

„Für die G-Wache“, erwiderte das Mädchen. „Die Galaxie-Reise des *Space Explorer* war ein Trick, um dich unbemerkt hierherzubringen.“

Cosmo sah sich um. Die anderen Passagiere lächelten ihn an.

„Ich bin Agentin Nuri“, sagte das Mädchen. „Und alle hier arbeiten für die G-Wache.“ Sie deutete auf einen hohen Berg am Ende der Schlucht. „Wir sind mit Absicht hier gelandet. Dort drüben ist das geheime Hauptquartier der G-Wache.“

Cosmo kniff die Augen zusammen und erkannte Treppenstufen, die in den Stein gehauen waren. Zwei riesige Felsplatten glitten auseinander wie Schiebetüren. In seinem Kopf rasten die Gedanken. „Die G-Wache? Stimmt das wirklich? Das ist keine Galaxie-Reise?“, fragte er.

„Nein“, antwortete Nuri. „Die G-Wache braucht dich. Komm herein und ich erkläre dir alles.“

Im Versteck der G-Wache

Aufgeregt folgte Cosmo Agentin Nuri die Steinstufen hinauf. Er hatte geglaubt, eine Reise durch die Galaxie zu machen, und jetzt würde er das Hauptquartier der G-Wache betreten! „Was wollen die bloß von mir?“, überlegte er.

Das Ende der Treppe führte ins Innere des Bergs. In einem höhlenartigen Raum sah er Wissenschaftler bei der Arbeit. Sie testeten Fahrzeuge und verschiedene Apparaturen. Der Raum war voll mit Weltallmobilen, Hypergeschwindigkeitsmaschinen, Satelliten, Tanks und interstellaren Sonden. Es gab sogar ein solarbetriebenes Raketenschiff.

„Wahnsinn!“, sagte Cosmo und versuchte, alles in sich aufzunehmen. „Dieser Ort ist so toll!“

„Seit Hunderten von Jahren befindet sich das Hauptquartier der G-Wache auf Garr“, erzählte Nuri. „Der Mond ist das perfekte Versteck. Kein Raumschiff wagt sich hierher, weil Garr so nah am Planeten Mingus liegt.“

Cosmo entdeckte die G-Wache-Agenten aus dem Raumschiff, die zu ihren Arbeitsplätzen eilten.

„Aber warum bin ich hier?“, fragte er.

Nuri lächelte. „Das wirst du gleich erfahren.“

Sie liefen durch die Halle und Cosmo blickte sich staunend um. Er beobachtete einen Mechaniker, der die Hydraulik eines silbernen Raumschiffs überprüfte. Es war riesig.

„Das ist der neue X1-Unzerstörer“,

erklärte Nuri. „Er kann mitten durch einen Asteroidensturm fliegen."

Sie kamen an einer Computerstation vorbei, wo ein Wissenschaftler gerade eine Art Armbanduhr einstellte. Die runde Scheibe blitzte blau auf, dann glühte sie hell und der Wissenschaftler sauste durch die Luft. Im nächsten Moment war er verschwunden.

„Wo ist er geblieben?", fragte Cosmo entsetzt.

„Er testet den Prototyp eines Navi-coms", antwortete Nuri. „Das ist eine ganz neue Technologie, um Agenten im Notfall schneller teleportieren zu können." Sie schaute auf den Computerbildschirm. „Ups, ich glaube, es funktioniert noch nicht richtig. Es sieht so aus, als hätte er sich in den Flux-Tunnel, einen Asteroidengürtel, gebeamt."

Sie führte Cosmo zu einem Bereich, wo

der Boden mit einem Rastergitter markiert war. Als Cosmo weiterging, befand er sich auf einmal in einer Scheinlandschaft, die sehr echt wirkte. Erst lief er durch einen dampfenden Regenwald, dann durch eisige Schneewehen und schließlich durch eine knochentrockene Wüste. „Was ist denn das?“, fragte er.

„Wir nennen es das Holodeck“, erklärte Nuri. „Es ist das Allerneueste im Bereich künstliche Scheinwelt. Agenten trainieren hier, wie man in feindlicher Umwelt überlebt.“ Sie trat zu einem Regal voller Hoverboards und nahm zwei heraus. „Ich nehme an, du weißt, wie man damit fährt?“, sagte sie und reichte Cosmo ein Board.

„Klar“, antwortete Cosmo. Sein Vater hatte es ihm beigebracht und in der Schule war er Kapitän des Hoverball-Teams, das auf den Schwebebrettern Ball spielte.

„Dann folge mir“, sagte sie. „So kommen wir am schnellsten voran.“

Cosmo stellte sich auf sein Hoverboard und drückte es mit dem hinteren Fuß nach unten. Das Brett sauste los und die Spitze hob sich wie bei einem Surfbrett, das über Wellen gleitet. Er neigte sich nach links und umrundete die Solarrakete, dann schwebten sie hoch zu einem Sturmsatelliten und durch eine Öffnung in der Decke in ein weiteres Stockwerk. Dort lagerten die Raumschiffe der G-Wache: Sternenkreuzer, Mikrojets und Tarnkappendrohnen. „Wahnsinn!“, dachte Cosmo. Er beobachtete die Mechaniker und Wissenschaftler, die umhereilten und die laufenden Turbinen überprüften.

„Die Sternenflotte der G-Wache ist immer bereit“, erzählte ihm Nuri. „Bei galaktischen Notfällen startet sie zu Rettungsmissionen.“

Cosmo bemerkte einen Mechaniker, der die Antriebsmaschine eines weißen Raumschiffs kontrollierte, das an der Spitze mit Laserkanonen ausgerüstet war. „He, ist das ein Dragster 5000?", fragte er. „Mein Vater ist so ein Raumschiff geflogen. Er war ein Agent der G-Wache. Hast du ihn gekannt, Nuri?"

„Nicht persönlich“, antwortete Nuri. „Aber ich habe von ihm gehört – James Santos, richtig?“

„Ja, das ist er.“

„Das hier ist ein Dragster 7000, ein neueres Modell als das Schiff, das dein Vater geflogen ist. Der Dragster 7000 ist das fortschrittlichste Raumschiff der G-Wache.“

Cosmo ließ die Hand über die glänzende Ummantelung gleiten. „Das ist mein Traumschiff“, dachte er. „Es ist fantastisch!“

„Komm mit“, sagte Nuri. „Ich muss dir etwas zeigen.“

Cosmo folgte ihr durch mehrere Stockwerke des Hauptquartiers. Sie durchquerten einen Raum mit einer Truppe bewaffneter Kampfdroiden und einen Überwachungsraum, in dem mehrere Agenten an Kontrolltischen arbeiteten.

Nuri hielt in einem weißen Raum an und deutete auf zwei große Gegenstände, die unter Planen verborgen waren. „Das hier wollte ich dir zeigen“, sagte sie. „Es ist streng geheim.“

Nuri zog die erste Plane weg und enthüllte eine Tiefen-All-Aufklärungssonde, die gewaltsam in eine Metallplatte gedrückt worden war. Darauf befand sich der Abdruck einer Kralle, die so groß war wie ein Mann. Dann entfernte Nuri die zweite Plane und ein zertrümmerter Satellit der G-Wache kam zum Vorschein. In dem Satelliten steckte ein rasiermesserscharfer Fangzahn, der so lang war wie Cosmos Arm. Erschrocken starrte Cosmo ihn an.

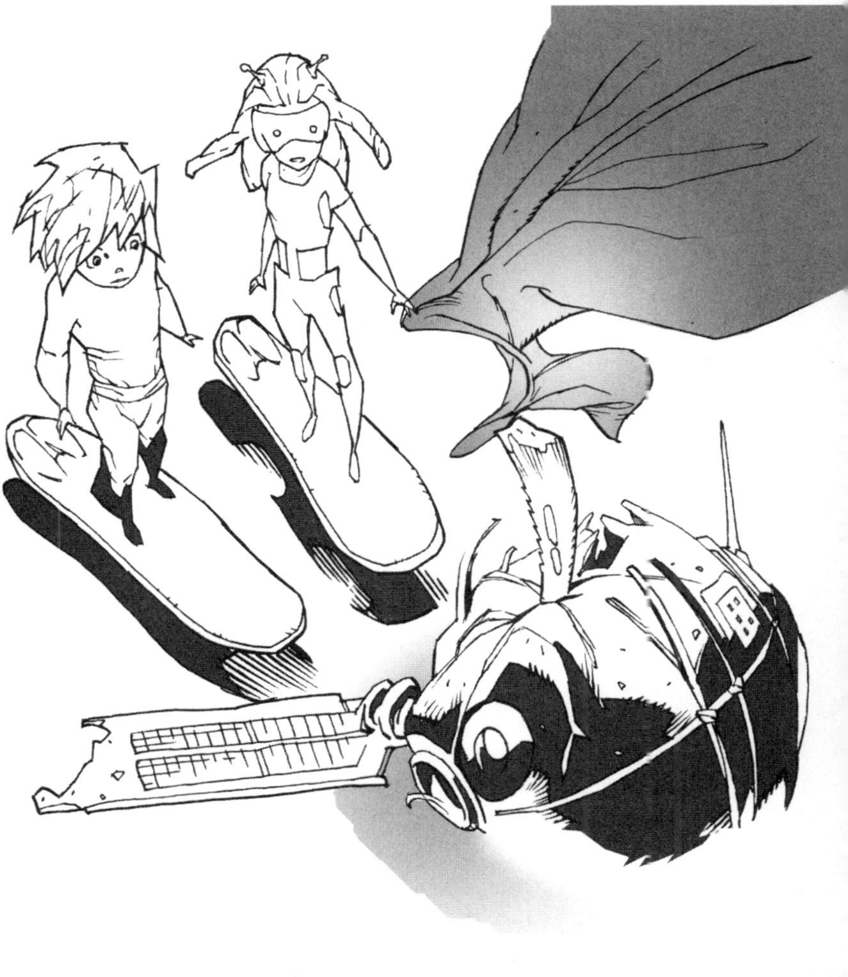

„Die Sonde und der Satellit wurden aus dem Unheilsstrudel geborgen. Beide sind attackiert worden.“

„Wer hat sie angegriffen?“, fragte Cosmo.

„Gefährliche Außerirdische.“

Cosmo schluckte. Was Nuri gesagt hatte, erschütterte ihn.

„Wahrscheinlich hast du noch nichts von diesen Außerirdischen gehört. Es sind schreckliche Monster, die sich in den feindlichen Randbezirken des Universums entwickelt haben. Man hat sie erst in den letzten Jahren entdeckt.“

Cosmo starrte den Klauenabdruck und den Zahn an und versuchte, sich die Außerirdischen vorzustellen. „Aber warum zeigst du mir das?“, fragte er verwundert.

„Weil fünf dieser schrecklichen Monster unsere Galaxie zerstören wollen. Wir brauchen dich, um sie aufzuhalten.“

Die Kraft

Cosmo betrachtete entsetzt die zerstörte Aufklärungssonde und den langen Fangzahn in dem Satelliten. „Ihr wollt ernsthaft, dass ich gegen diese Außerirdischen kämpfe? Seid ihr verrückt?“, fragte er Nuri.

„Nein“, erwiderte sie. „G1 wird es dir erklären.“

Die Luft flirrte und wie durch Magie erschien ein Mann in einem goldenen Raumanzug.

„Danke, Agentin Nuri“, sagte er.

Cosmo blinzelte überrascht. „Wo kommen Sie plötzlich her?“

Der Mann musterte Cosmo.

„Willkommen, Cosmo. Mein Name ist G1. Ich bin der Chef der G-Wache. Ich werde dir alles erklären und hoffe, dass du dich für die Mission entscheiden wirst."

„Aber warum ausgerechnet ich?", wollte Cosmo wissen.

„Wegen dem, was in dir steckt", antwortete G1 und sah ihn mit seinen freundlichen silbernen Augen ernst an. „Wir glauben, dass du eine einzigartige Kraft hast. Warum hast du dich freiwillig gemeldet, um den Sternenkreuzer vor dem Absturz zu retten?"

Cosmo erinnerte sich an das merkwürdige drängende Gefühl, das ihn im Raumschiff überfallen hatte. „Ich habe nur getan, was ich für richtig hielt", antwortete er.

„Wir glauben, dass du aufgrund einer besonderen Gabe gehandelt hast. Einer

Kraft, die in allen Lebensformen steckt, aber in dir in ungewöhnlich großem Maße. Sie äußert sich in Tapferkeit, Ehrenhaftigkeit, Aufrichtigkeit und sogar besonderer Körperkraft."

„Ich war nur ich", sagte Cosmo verblüfft. „Ich habe keine Superkräfte!"

G1 lächelte warm. „Nein, du hast keine Superkräfte wie in den Weltraummärchen, die sie euch in der Schule erzählen. Aber du hast eine echte Kraft. Es ist die Kraft des Universums."

Cosmo trat einen Schritt zurück.

„Andere haben es auch bemerkt", erzählte G1 weiter. „Ich habe deinen Vater gekannt, Cosmo. Er war unser bester Agent und er hat uns auf dich aufmerksam gemacht. Wir haben dich seit Jahren beobachtet."

„Mich beobachtet? Warum?", fragte Cosmo verwirrt.

„Um dich eines Tages in unsere Reihen aufzunehmen. Dein Vater hat dich schon darauf vorbereitet, Agent zu werden. Hast du das nicht bemerkt?“

„Mich darauf vorbereitet?“

G1 zwinkerte mit seinen silbernen Augen. „Du kannst jedes Raumschiff fliegen. *Flug-Simulator Pro* ist kein Computerspiel, sondern ein Trainingsprogramm der G-Wache. Du kannst mit dem Hoverboard umgehen, Ski fahren und tauchen. Außerdem denkst du wie ein Agent. Du weißt genau, was im Notfall zu tun ist.“

Cosmo erinnerte sich an all die wunderbaren Dinge, die er mit seinem Vater gemacht hatte. „Papa hat mich also die ganze Zeit darauf vorbereitet, ein Agent der G-Wache zu werden“, stellte er erstaunt fest. „Aber ich kann doch bestimmt nicht diese riesigen Außerirdischen besiegen, oder?“, fragte Cosmo. „Ich bin doch nur ein Mensch.“

„Du hast die Kraft, Cosmo“, sagte G1. „In dir ist sie stärker als in jedem anderen. Du bist unsere einzige Hoffnung.“

***

Tief im Unheilsstrudel ankerte das Kampfschiff *Oblivion* hinter einem toten Stern. Unruhig schritt Kaos im Cockpit auf und ab. Seine fünf Köpfe waren in ein Gespräch vertieft.

„Wir müssen da zuschlagen, wo es wehtut“, sagte ein Kopf zu den anderen.

„Wir müssen ihre Brennstofflieferungen zerstören und ihre Handelsstraßen überfallen“, fügte ein anderer Kopf hinzu.

„Wir verbreiten Krankheiten, Angst und Schrecken.“

„Die Galaxie wird um Gnade betteln!“

„Die G-Wache muss als Erstes vernichtet werden. Wenn die galaktischen Sicherheitskräfte die Galaxie nicht mehr beschützen, können wir uns jeden Stern, Planeten und Mond unterwerfen. Holt Coloss, den Berg des Bösen!“

Alle fünf Köpfe jubelten: „Holt Coloss!“

Eine dürre rote Ratte saß auf dem Cockpitboden und quiekte. Kaos’ Köpfe blickten zu ihr hinunter. „Sitz nicht rum, Wugrat. Hol das Navicom.“

Die Ratte huschte zu einer Metallablage und schnappte mit dem Maul nach einer kleinen Kristallscheibe. Dann trippelte sie hinter Kaos den Gang entlang.

Der Außerirdische kicherte leise. „Die Geheimnisse des Navicom-Transporters gehören uns“, grölte ein Kopf.

„Die G-Wache ist kein Gegner mehr für uns“, polterte ein anderer.

Kaos öffnete die Tür zur Frachthalle.

Dort warteten fünf Furcht einflößende Außerirdische.

„Ihr wollt aus dem Unheilsstrudel raus, stimmt's?“, sagte Kaos zu ihnen. „Ihr kennt die Vereinbarung. Ich beame euch in die Galaxie und ihr kämpft für mich.“

„Ja, Meister!“, brüllten die Außerirdischen.

„Coloss, du bist der Erste. Dein Ziel ist Garr.“

Die riesige Felskreatur schmetterte ihre Fäuste gegeneinander. „G-Wache, dein letztes Stündchen hat geschlagen!“, grunzte er.

„Wugrat, gib mir das Ding“, sagte Kaos. Er beugte sich zu der Ratte hinunter und nahm ihr das Navicom aus dem Maul. „Hast du es auf Garr programmiert?“

Die Ratte quiekte und Kaos drehte den äußeren Rand der Scheibe. Dann befestigte er das Navicom an Coloss' Arm.

„Mach sie fertig!“, befahl Kaos dem Steinriesen.

Der Berg des Bösen stampfte in die Mitte der Halle. „Zerstören!“, brüllte er.

Das Dach der Halle öffnete sich und Coloss sah die umherfliegenden Sterne im Unheilsstrudel. Das Navicom strahlte ein blaues Licht aus und mit einem *Wusch!* raste Coloss aus dem Kampfschiff und verschwand im All.

Der Quantum-Mutationsanzug

Cosmos Gedanken wirbelten wild durcheinander. Was ihm der Chef der G-Wache erzählt hatte, verwirrte ihn.

G1 trat zu dem getönten Glasschrank. „Ich möchte dir etwas zeigen." Er öffnete den Schrank und nahm einen Raumanzug heraus. „Dieser Anzug ist die fortschrittlichste technologische Entwicklung der G-Wache. Wir nennen ihn den Quantum-Mutationsanzug. Er wurde extra für dich angefertigt als Rüstung für den Extremkampf." G1 reichte Cosmo den Anzug. „Probier ihn an."

Rüstung? Cosmo berührte den Anzug. Er fühlte sich nicht wie eine Rüstung an,

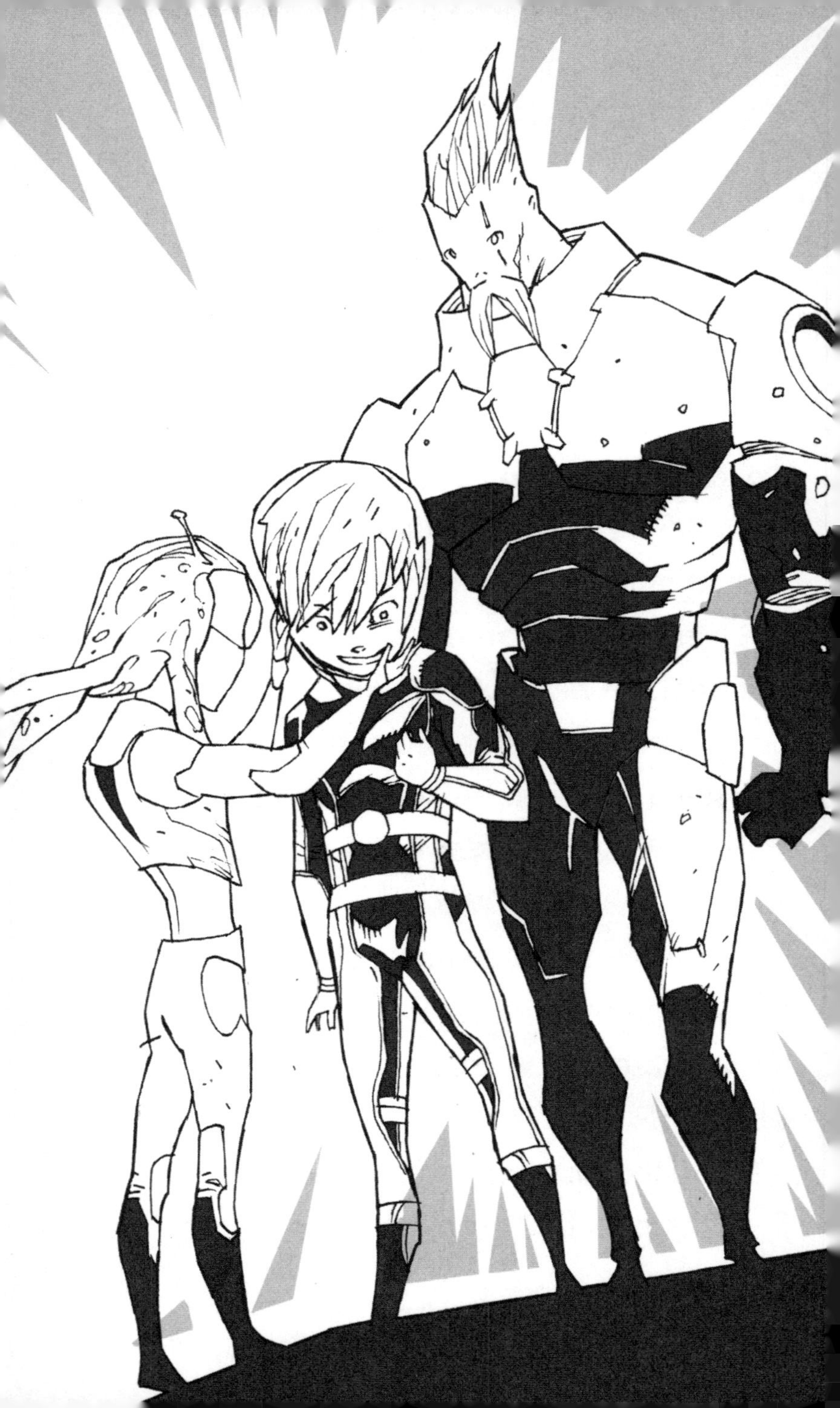

denn er war weich wie Stoff. Cosmo hielt ihn hoch. Der Anzug sah mehrere Nummern zu groß aus. „Äh, ich glaube nicht, dass der mir passt …“

G1 lächelte. „Eigentlich solltest du ihn erst ein paar Jahre später bekommen.“

„Er passt sich an“, sagte Nuri auffordernd. „Probier ihn und die hier auch.“ Sie holte Stiefel, Handschuhe und einen Helm aus dem Schrank.

Vorsichtig schlüpfte Cosmo in den Raumanzug. Die Ärmel reichten ihm bis über die Hände und er kam sich klein und dumm vor. Er streifte die Handschuhe, die Stiefel und den Helm über. Plötzlich begann sich der Quantum-Mutationsanzug zu bewegen. Cosmo spürte, wie er über seine Haut kroch, als wäre er lebendig.

„Es funktioniert, Chef!“, sagte Nuri zu G1.

G1 lächelte. „Keine Angst, Cosmo."

Der Anzug wurde enger und schmiegte sich an ihn wie eine zweite Haut. Auf einmal leuchtete er elektrisch blau auf.

„Er reagiert auf die Kraft in dir, Cosmo", erklärte G1. „Der Anzug wird durch dich aktiviert."

Während G1 redete, blinkte das Visier des Helms wie ein durchsichtiger Computerbildschirm vor Cosmos Augen auf. Wörter erschienen: SYSTEM-CHECK STARTET. Code-Reihen rasten über den Bildschirm.

„Was geschieht hier?", fragte Cosmo.

„Der Helm dient als Kontrollzentrale", sagte Nuri. Sie blickte ihn durch das Visier an. „Das System wärmt sich auf. Es werden jetzt ein paar merkwürdige Dinge passieren, aber du bist absolut sicher."

Der Anzug glitzerte, als ob Blitze durch ihn hindurchsausen würden.

Cosmo spürte, wie er immer mehr mit ihm verschmolz. Seine Arme und Beine kribbelten erst eiskalt, dann kochend heiß. Plötzlich veränderte sich sein Körper. Auf seinem Bauch tauchten schlangenähnliche grüne Schuppen auf, die sich über seinen ganzen Körper ausbreiteten. Er bekam eine fremde, reptilienähnliche Haut!

Kurz erfasste ihn Panik, aber dann merkte er, dass es nicht wehtat – er sah nur anders aus. Cosmo fühlte, wie die Schuppen weicher wurden und Haare aus ihnen sprossen. Ihm wuchs ein Fell – dickes schwarzes Fell wie der Pelz eines Bären! Er holte tief Luft und versuchte, ruhig zu bleiben.

„Was macht der Anzug mit mir?"

„Keine Panik", beruhigte ihn G1. „Er probiert nur ein paar Mutationen aus."

„Mutationen? Das ist verrückt!", dachte Cosmo. Sein Körper nahm direkt vor seinen Augen eine neue Gestalt an. Das Fell verwandelte sich in Stacheln und anschließend in rote Federn. „Federn! Wie ist das möglich?“, fragte er sich. Noch bevor er darüber nachdenken konnte, wurde sein Körper klebrigschleimig, dann glühend heiß wie flüssige Lava, dann eiskalt. Es war unglaublich!

Seine Hände und Füße kribbelten. Die Handschuhe und Stiefel verschmolzen ebenfalls mit ihm. Sie leuchteten hell und veränderten ihre Form. Auf einmal hatte Cosmo lange gebogene Krallen anstelle seiner Füße. Seine Hände mutierten zu Scheren und er ließ sie zusammenschnappen wie ein Krebs. Er wollte es noch mal versuchen, doch da wuchsen ihm zwei Pranken. Im nächsten Moment hatte er lange Tentakel. „Wie von einem Seeungeheuer!“, dachte Cosmo. Er schüttelte die Tentakel und sie ver-

wandelten sich in große lederne Flügel. „Wie von einem Drachen!“ Er schlug mit den Flügeln, als ob er fliegen würde.

Auf dem Visier erschienen neue Wörter: SYSTEM-CHECK BEENDET. Die Flügel verschwanden und wurden zu Armen. Cosmo trug wieder den Quantum-Mutationsanzug. „Wie ist das möglich?“, fragte er verblüfft.

„Der Quantum-Mutationsanzug besteht aus einem Material, das mit Teilchen aus dem Beginn der Zeit gespickt ist, als das Universum gerade geboren war“, erklärte G1. „Alles Leben entstand aus diesen Teilchen. Aber nur du kannst sie aktivieren, durch die Kraft, die du in dir trägst – die Kraft des Universums!“

„Du kannst dich in jede außerirdische Lebensform verwandeln“, fügte Nuri hinzu. „Sag einfach SCAN in den Stimmsensor des Helms, um dir eine Gestalt auszusuchen.“

„SCAN“, sagte Cosmo und auf dem Bildschirm des Helmvisiers erschienen nacheinander Bilder von Außerirdischen mit Beschreibungen ihrer Gattung, Herkunft und Besonderheiten. Der Mutationsanzug arbeitete sich durch seine Datenbank.

„Wenn du MUTIEREN sagst, verwandelst du dich. Und wenn du wieder normal aussehen willst, sag einfach ZURÜCK. Der Stimmsensor funktioniert auch, wenn du dich bereits verwandelt hast“, erklärte Nuri.

„Ich kann wirklich einer dieser Außerirdischen werden?“, fragte Cosmo. „Das ist ja fantastisch!“

Er schob das Visier hoch und blickte Nuri und G1 erstaunt an.

„Es ist die beachtlichste Erfindung der G-Wache. Sie bietet dir unbegrenzte Möglichkeiten“, erzählte G1. „Falls du dich für die Mission entscheidest.“

„Die Galaxie braucht dich, Cosmo“, sagte Nuri. „Bist du bereit für den Kampf?“

Plötzlich wurde Cosmo der Ernst der Lage bewusst. „Und ich bin der Einzige, der den Auftrag übernehmen kann?“

„So ist es“, bestätigte G1.

Cosmo dachte einen Augenblick nach. „Es wird sehr gefährlich werden. Vielleicht werde ich nicht überleben …“

Doch etwas war in ihm, das ihn drängte, Ja zu sagen. „Ich mache es!“, erklärte er.

G1 und Nuri lächelten.

„Wunderbar“, sagte G1 und löste den Kommunikator von seinem Gürtel. Er sprach hinein: „Überwachung, wir sind bereit –“ G1 hielt inne, als ihn eine Stimme unterbrach. „Was peilt er an?“, fragte er mit besorgter Miene. „Agenten in Alarmbereitschaft! Macht die Kampfdroiden fertig! Roter Alarm!“, rief er in der nächsten Sekunde und schaltete den Kommunikator aus.

„Es scheint so, als ob Kaos über die Navicom-Technologie verfügt“, wandte sich G1 an Nuri und Cosmo. „Die interplanetaren Scanner haben den ersten Eindringling entdeckt. Er fliegt direkt auf

Garr und unser Hauptquartier zu.“ G1 ging zur Wand und legte seine Hand auf eine runde Taste. Die Wand glitt zur Seite und helles Tageslicht flutete in das geheime Hauptquartier.

Cosmo blickte über die Berge und hörte ein donnerndes Geräusch. Mit unbeschreiblicher Geschwindigkeit sauste etwas Riesiges durch die Luft. Es sah aus wie ein Meteorit. Mit einem lauten *Bumm!* landete es auf dem Grund der Bergschlucht. Staub und Steine flogen auf.

Als sich der Staub legte, entdeckte Cosmo eine massige Gestalt, die aus einem riesigen Krater kletterte. Es war ein außerirdisches Monster mit einem Körper aus Stein! Die Kreatur war zehnmal größer als ein Mensch und ihre Fäuste waren massiv wie Felsbrocken. Sie stampfte auf das Hauptquartier zu und hieb unterwegs mit der Faust nach dem Sternenkreuzer auf der Landebahn. Der Kreuzer drehte sich mehrmals um sich selbst und krachte dann gegen die Bergwand.

Das Monster brüllte: „Ich bin Coloss und ich bin gekommen, um euch zu zerstören!“

Mutieren und kämpfen!

„Das ist ein riesiges Monster!“, rief Cosmo nervös. „Wie soll ich gegen diese Kreatur kämpfen?“

Schockiert beobachtete er, wie Coloss den zerstörten Sternenkreuzer über seinen Kopf hob. Der Außerirdische schleuderte das Raumschiff gegen das Eingangstor des Hauptquartiers und der Berg erbebte bei dem heftigen Aufprall.

„Er wird unser Hauptquartier zerstören, G1!“, schrie Nuri.

In dem Moment marschierten die Kampfdroiden mit gezückten Laserwaffen aus dem Haupttor. Es waren Hunderte. Sie nahmen auf der Treppe Aufstellung und bildeten zehn Reihen aus Soldaten. Einer dicht hinter dem anderen zielten sie mit ihren Laserwaffen auf Coloss.

„Im Namen der freien Galaxie, halt!“, befahl der Kommandant der Droiden.

Doch Coloss hörte nicht auf ihn. Er griff an.

Die Kampfdroiden eröffneten das Feuer und schossen auf den Eindringling, aber ihre Laserstrahlen prallten von ihm ab. Coloss stürmte die Stufen hinauf. Er trampelte über die erste Reihe Droiden und zerquetschte sie wie Konservendosen.

G1 sprach in seinen Kommunikator: „Alle Agenten auf Gefechtsstation!“ Er drehte sich zu Cosmo um. „Es ist Zeit zu kämpfen“, sagte er eindringlich. „Wenn du dich bereit fühlst, dann komm zu uns in die Haupthalle.“ Dann löste er sich in Luft auf.

Es machte laut *Bumm!*. Cosmo blickte den Berghang hinunter und sah Coloss, der die Steintüren attackierte. Der Außerirdische fegte die Droiden beiseite und versuchte, sich einen Weg in das Hauptquartier zu bahnen.

„Er darf es nicht schaffen!“, rief Cosmo.

„Wir müssen etwas tun!“, schrie Nuri und sauste auf ihrem Hoverboard davon.

Cosmo fühlte Energie in sich aufsteigen. „Es ist die Kraft des Universums“, dachte er. Sie verlieh ihm Mut.

„Ich treffe dich unten“, antwortete er. Er sprang auf sein Hoverboard und flog aus der Öffnung in der Bergspitze.

Cosmo lenkte das Brett nach unten direkt auf Coloss zu. Schnell klappte er das Visier seines Helms herunter.

„SCAN“, sagte er in den Stimmsensor. Auf dem Bildschirm tauchten verschiedene Außerirdische auf, als der Quantum-Mutationsanzug sich durch die Datenbank arbeitete: ein zweiköpfiger Worpwolf, ein Hochspannungselektrax, eine giftige Stechfliege mit acht Augen …

Cosmo verglich Größen, Gewicht und Besonderheiten. „Welches Wesen kann einen lebenden Berg besiegen?“, fragte er sich. Dann entdeckte er einen riesigen, muskulösen Außerirdischen mit einer Hammerfaust aus Eisen.

AUSSERIRDISCHER: HAMMERFAUST
GATTUNG: OGRON
HERKUNFT: PLANET AJAX
GRÖSSE: 10,4 METER
GEWICHT: 2,2 TONNEN
BESONDERHEIT: EISENFAUST

„MUTIEREN“, sagte Cosmo in den Stimmsensor des Helms. Er spürte, wie sein ganzer Körper zu kribbeln begann. Dann wurde er breiter und größer. Sein Skelett veränderte sich, seine Knochen wurden länger und dicker. Cosmo wurde über zehn Meter groß und Muskeln wölbten sich überall. Eine seiner Fäuste

war gigantisch groß und sah aus wie ein Metallblock. Er hatte sich in den Außerirdischen Hammerfaust verwandelt!

Das Hoverboard sank unter seinem Gewicht und er sprang ab. Mit einem *Rums!* landete Cosmo neben dem Eingang. Um ihn herum lagen zerstörte Kampfdroiden, aber als Hammerfaust fühlte Cosmo sich stark. Ohne die geringste Furcht ging er an dem zerschmetterten Sternenkreuzer vorbei, direkt auf Coloss zu und hob seine riesige Eisenfaust. „He, du! Kein Zutritt!“, rief er.

Coloss drehte sich zu ihm um. „Niemand kann mich aufhalten!“, brüllte er und hieb mit seinen Fäusten auf den Boden, sodass dieser wie bei einem Erdbeben erzitterte. Dann griff er Cosmo an und drängte ihn hart gegen die Felswand. Cosmo ging die Luft aus. Die Kraft des Eindringlings war gigantisch. „Mach dich bereit, zerquetscht zu werden!“, schrie Coloss.

Cosmo versuchte, den Außerirdischen wegzustoßen, aber er kam nicht einmal mit Hammerfausts Muskeln gegen ihn an. Es war wie ein Ringkampf mit einem lebendigen Berg!

Coloss holte mit seinen Felsfäusten aus, aber Cosmo duckte sich rechtzeitig. Die Fäuste krachten gegen die Bergwand und Gesteinsbrocken flogen durch die Luft.

„Das soll eine Faust sein?“, rief Cosmo und lachte laut auf. „Das hier ist eine Faust!“ Er befreite seine Eisenfaust und schlug nach Coloss. Funken stoben auf. Das riesige Monster taumelte rückwärts und stolperte über Kampfdroiden, die am Boden lagen.

Cosmo schlug erneut zu. Diesmal erwischte seine Metallfaust Coloss’ Bauch. Der Außerirdische krümmte sich zusammen, so hart war der Schlag.

„Jetzt siehst du nicht mehr so unbesiegbar aus, Coloss. Ist Hammerfaust zu stark für dich?“

Als Hammerfaust fühlte sich Cosmo unverletzbar. Er ließ seinen Arm kreisen, sodass seine Eisenfaust wie eine Abrissbirne durch die Luft schwang. Dann verpasste er Coloss einen Aufwärtshaken ans Kinn und der Kiefer des Außerirdischen krachte. „Gib auf, Coloss, oder Hammerfaust wird dich plattmachen!“, schrie Cosmo.

Doch die Schläge machten Coloss nur noch wütender. „Niemals!“, brüllte er. Er griff hinter sich, packte den Sternenkreuzer und warf ihn nach Cosmo. Getroffen stürzte Cosmo Hals über Kopf die Steinstufen hinunter, bis er am Fuße der Treppe landete.

„Hammerfaust kann mich nicht aufhalten!“, donnerte Coloss.

Cosmo lag verletzt und erschöpft vom Kampf auf dem Boden. Er spürte, wie seine Energie schwächer wurde und die

Kraft ihn verließ. Der Quantum-Mutationsanzug konnte Hammerfausts Gestalt nicht mehr aufrechterhalten. „ZURÜCK", befahl Cosmo und Hammerfausts Muskeln verschwanden. Cosmo schrumpfte und verwandelte sich wieder in einen Jungen.

Coloss starrte von der Treppe auf ihn hinunter und lachte. „Hahaha! Sieh dich an. Du bist kein Gegner für mich!"

Hinter dem Außerirdischen glitten die Steintüren auseinander. Sechs Kampfpanzer rollten aus dem Berg. Sie eröffneten das Feuer und schossen mit ihren Schallwellenkanonen auf Coloss.

Der Eindringling heulte laut auf, als er getroffen wurde. Sein Körper bebte, als die mächtigen Schallwellen ihn erwischten. „Das macht mich wütend!", schrie er.

Coloss stampfte zum vordersten Panzer und packte die Schallkanone. Er hob den Panzer hoch und warf ihn wie ein Spielzeug zur Seite. Dann ballte er seine Fäuste und ließ sie auf zwei weitere Panzer niedersausen.

Die großen Steintüren schlossen sich und die verbliebenen Panzer feuerten weiter mit ihren Schallwellen auf Coloss.

„Ich finde einen anderen Weg hinein!“, rief der Furcht einflößende Außerirdische. Coloss trampelte über die Panzer und begann, die steile Felswand hinaufzuklettern. Dabei schlug er immer wieder gegen den Fels. Er wollte sich mit seinen Fäusten durch den Berg kämpfen!

Angriff des Affenarms

Cosmo sah schockiert zu, wie Coloss einen Weg in das Hauptquartier der G-Wache suchte. Dann entdeckte er Nuri, die aus einem zerstörten Panzer kletterte.

„Alles in Ordnung?“, rief er ihr zu.

„Wir müssen ihn aufhalten!“, antwortete Nuri.

„Ich muss hinter ihm herklettern“, dachte Cosmo und sah zu dem Eindringling hoch. „SCAN“, sagte er in den Stimmsensor seines Helms.

Der Quantum-Mutationsanzug durchsuchte die Datenbank und wieder erschienen Bilder vor Cosmos Augen: ein sturmfressender Tornadon, ein tausendäugiger Teleskoperix, ein Eis speiender Freezoth, ein reißzahniger Wolferax, eine giftige Tarantulux … „Aber wer kann klettern?“ Ein Bild von einem sechsarmigen affenähnlichen Außerirdischen tauchte auf.

AUSSERIRDISCHER: APEMAN
GATTUNG: AFFENARM
HERKUNFT: PLANET APE
GRÖSSE: 7,6 METER
GEWICHT: 1,2 TONNEN
BESONDERHEIT:
SECHS LANGE KLETTERARME

„Perfekt“, sagte Cosmo. „MUTIEREN!“

Sein Körper kribbelte, als er sich verwandelte. Cosmo wurde größer und bekam ein Fell. Plötzlich wuchsen ihm sechs lange Arme. Jeder Arm war über fünf Meter lang und hatte affenähnliche Hände. Er trommelte mit den sechs Fäusten gegen seine Brust. „Nicht so schnell, Coloss!“, rief er.

Als Apeman rannte Cosmo wie ein Affe auf allen vieren und nahm zehn Treppenstufen auf einmal. Er sprang über die zerbrochenen Droiden und die zerstörten Panzer, dann kletterte er die steile Felswand hoch.

„Super, Cosmo!“, rief Nuri. Cosmo sah zu ihr hinunter. Sie gab ihm das Daumen-hoch-Zeichen und verschwand im Hauptquartier.

Cosmo klammerte sich an die Felswand mit seinen sechs Händen und kraxelte zu Coloss hinauf.

Der Angreifer war schon weit oben. Immer wieder hieb er gegen den Berg, um eine Schwachstelle zu finden. Das Versteck der G-Wache bebte. Gesteinsbrocken lösten sich von der Bergwand und stürzten wie eine Lawine herab. Risse entstanden in der Felswand.

Auf einmal gelang es Coloss, ein Loch in das Felsgestein zu schlagen. Sein Arm versank im Berg und Cosmo hörte Metall

quietschen. Im nächsten Moment zog der Außerirdische mehrere Kontrolltische heraus und schleuderte sie den Hang hinunter. Agenten, die noch an den Tischen gearbeitet hatten, flogen durch die Luft. Sie schossen Enterhaken aus ihren Gürteln und hängten sich mit ihnen an Felsvorsprünge, um nicht weiter nach unten zu fallen.

„He, lass sie in Ruhe!“, rief Cosmo.

Coloss warf mit Computern, um ihn aufzuhalten. Doch Cosmo stieg weiter die Felswand hoch und wich den Geschossen aus. „Ich werde dich vernichten!“, brüllte Coloss.

Cosmo schwang sich höher und höher hinauf und verfolgte den Angreifer. Schneller und schneller kletterte er, seine sechs Arme arbeiteten Hand in Hand. Mit einem Arm griff er nach dem Felssims neben Coloss, mit den anderen fünf

Händen versuchte er, den Außerirdischen von der Bergkante zu stoßen.

„Apeman macht dich fertig, Coloss!“

Cosmo zerrte ein Bein seines Gegners von der Felswand, dann packte er das andere. Coloss verlor den Halt – aber sein Arm steckte immer noch in dem Loch, das er in den Berg geschlagen hatte, sodass er nicht abstürzte.

Cosmo und Coloss waren ineinander verkeilt. Mit aller Kraft zog Cosmo an den Beinen des Außerirdischen, doch Coloss war stärker.

Plötzlich öffnete sich die Bergwand und Cosmo hörte dröhnende Maschinen. Raumschiffe der Kampfflotte flogen heraus: Sternenkreuzer, Mikrojets und Tarnkappendrohnen.

Während Cosmo mit dem Außerirdischen kämpfte, feuerten die Raumschiffe Laserkanonen nach dem Angreifer.

Coloss holte nach einem Sternenkreuzer aus. Als er ihn erwischte, verlor der Pilot die Kontrolle über das Raumschiff. Im letzten Moment konnte er sich über den Schleudersitz retten, bevor der Kreuzer auf dem Boden landete und explodierte. Cosmo sah, dass der Pilot Nuri war. Sie öffnete ihren Fallschirm und schwebte an ihm vorbei. „Nicht aufgeben!“, rief sie.

Aber selbst als Apeman gelang es ihm nicht, Coloss aufzuhalten.

„Du kannst mich nicht stoppen!“, schrie Coloss und hieb erneut mit seiner Faust gegen den Fels. Risse entstanden und auf einmal brach ein Stück Bergwand nach innen ein.

Coloss und Cosmo fielen durch das Loch in den Überwachungsraum der G-Wache. Sie stürzten durch mehrere Stockwerke und landeten mit Getöse auf dem Boden der Haupthalle.

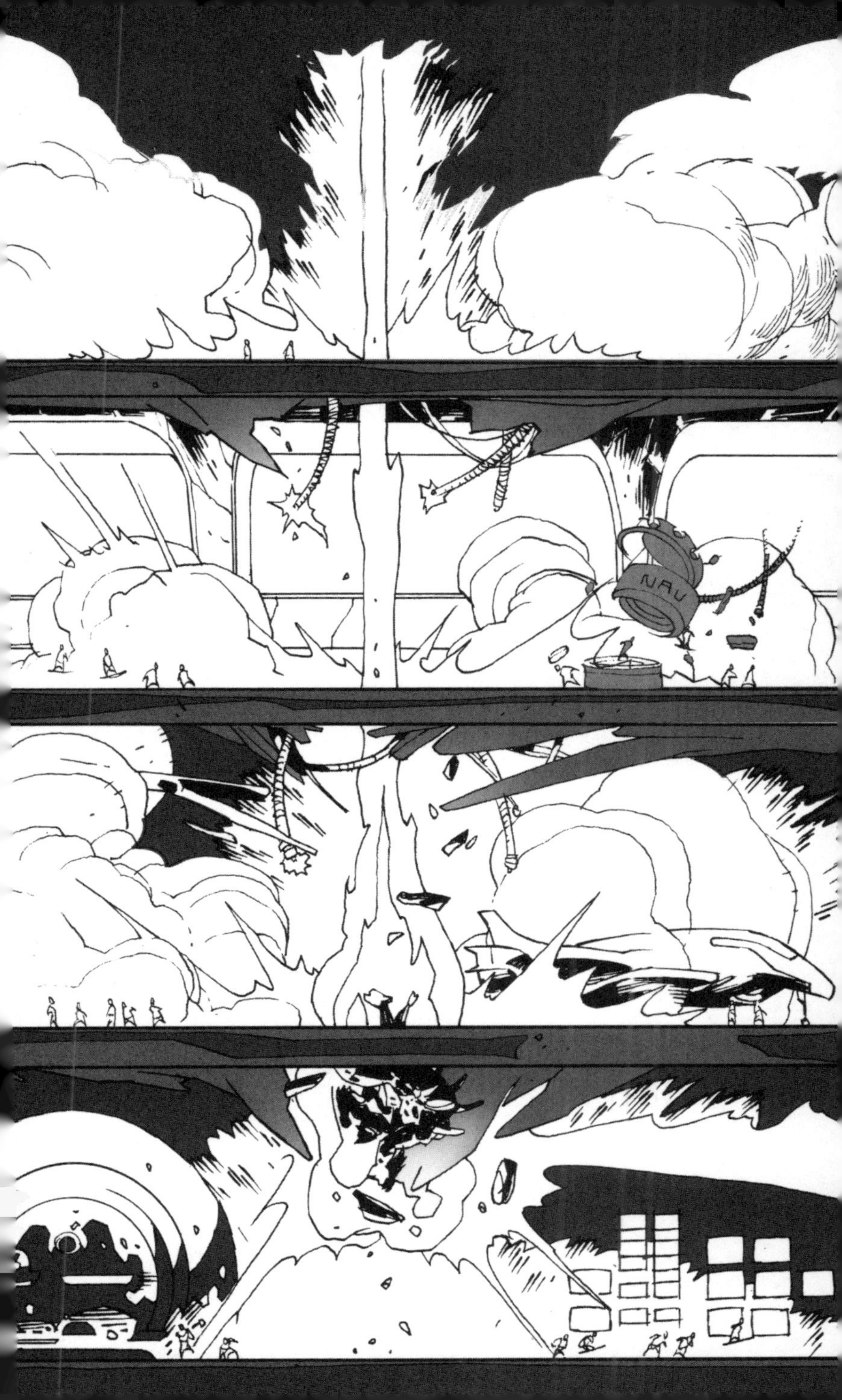
NAU

Cosmo spürte, wie seine Kraft schwand. „ZURÜCK“, sagte er schwach. Sein Körper kribbelte und er begann zu schrumpfen und sich wieder in einen Jungen zu verwandeln.

Das Schwert

Sie waren im Hauptquartier der G-Wache und standen zwischen Fahrzeugen in der Haupthalle. Laserwaffen wurden abgefeuert. Agenten der G-Wache hatten Aufstellung genommen und schossen auf den Eindringling.

Coloss lachte Cosmo aus. „Die G-Wache ist am Ende! Die Galaxie steuert auf ein neues Zeitalter zu – das Zeitalter von Kaos!“, brüllte er. Wutschnaubend ließ er seine Faust auf den X1-Unzerstörer niederschmettern und zerteilte ihn in zwei Hälften, dann warf er eine Transportkiste gegen die Wand. Die Agenten hechteten in Sicherheit, als der Außerirdische die

Solarrakete umwarf und sie krachend zu Boden fiel.

„Hör sofort auf damit!“, rief Cosmo.

Coloss drehte sich um und knurrte: „Gibst du immer noch nicht auf, Erdling?“

Der Angreifer kam mit erhobenen Fäusten auf ihn zu, bereit, Cosmo zu zermalmen.

„Noch ein Versuch“, dachte Cosmo verzweifelt. „SCAN!“

Der Quantum-Mutationsanzug durchsuchte die Datenbank und auf dem Bildschirm des Visiers erschienen Außerirdische. „Wie kann ich Coloss besiegen?“, fragte sich Cosmo. Das Bild eines quallenähnlichen Schleimmonsters brachte ihn auf eine Idee.

AUSSERIRDISCHER: MUCOSA
GATTUNG: SLUGOID
HERKUNFT: PLANET AGAR
GRÖSSE: 3,2 METER
GEWICHT: 8 TONNEN
BESONDERHEIT: SCHLEIMDRÜSEN

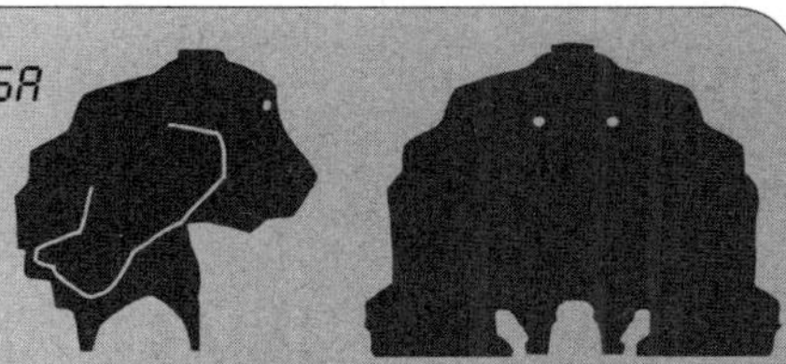

„MUTIEREN.“

Cosmo spürte, wie er sich wieder verwandelte. Sein Körper wurde riesig, wabbelig und formlos. Es fühlte sich an, als ob sein Skelett geschmolzen wäre. Stielaugen ploppten aus seinem Wackelpudding-Körper und Schleim begann, aus jeder Pore zu tropfen.

Kampfbereit stellte sich Cosmo in der Mitte der Halle auf.

Der Eindringling stieß einen wütenden Schrei aus, als er seinen Gegner erblickte. „Ich werde dich zerquetschen, Schleimball!“, schrie Coloss.

Cosmo rückte nicht von der Stelle. Das Steinmonster ballte die Fäuste und holte zum Schlag aus. Doch seine Faust versank tief im Schleim und Cosmo spürte keinen Schmerz. „Du kannst mir nichts tun, Coloss“, gurgelte Cosmo.

Der Außerirdische holte noch stärker aus. Aber wieder fing Cosmos Körper den Schlag ab und wackelte nur ein wenig. Coloss schlug mit seiner anderen Faust zu, aber es half nichts. Im Kampf mit Mucosa nützte ihm seine ganze Kraft nichts. Mit jedem Schlag verteilte sich mehr Schleim auf dem Monster. Der dicke, zähe Schleim lähmte seine Bewegungen und machte ihn schwer und klebrig.

Cosmo ließ noch mehr Schleim ent-

weichen. Nun tropfte ihm der zähe Saft aus allen Poren und floss sogar aus seinem Mund. Statt mit Kraft attackierte Cosmo seinen Gegner mit literweise klebrigem Schleim! Der Außerirdische versuchte zuzuschlagen, aber er rutschte aus und hatte Mühe, auf den Beinen zu bleiben.

„Ich wusste, es würde kein schönes Ende mit dir nehmen, Coloss“, gluckste Cosmo.

Sein Gegner brüllte zornig und holte mit der Faust aus, aber er verlor das Gleichgewicht und fiel hin. Coloss versuchte aufzustehen, aber er fand auf dem glitschigen Boden keinen Halt. „Du Schleimball!“, schrie er voller Hass.

Mucosa hatte seinen Dienst getan und den Eindringling niedergerungen, aber er konnte ihn nicht töten.

„ZURÜCK“, sagte Cosmo und sein qualliger Körper verwandelte sich zurück in einen Jungen im Quantum-Mutations-anzug. Er sah zu den Agenten hinüber, die hinter den zerstörten Raumschiffen in Deckung gegangen waren. „Coloss, du hast hier nichts verloren!“, rief er.

Während er die Zerstörung um sich herum betrachtete, spürte Cosmo die Kraft in sich aufsteigen, stärker noch als zuvor. Es fühlte sich an, als ob Elektrizität durch seine Adern fließen würde. Eine unglaubliche Tapferkeit strömte durch seinen Körper. Auf einmal leuchtete der Mutationsanzug hell auf. Wie ein Blitz schoss blauweißes Licht aus Cosmos Hand. Erschrocken starrte er es an.

„Das ist deine Kraft, Cosmo“, sagte Nuri. „Benutze sie!“

Die Blitzenergie nahm die Form eines Schwerts an. Cosmo hob es hoch und richtete es auf Coloss. „Die Kraft des Universums ist in mir!“, rief er.

Der Außerirdische brüllte, als ihn das

Schwert traf. „Nein!“ Hass breitete sich auf seinem steinernen Gesicht aus.

Cosmo spürte, wie seine Kraft durch das Schwert in seinen Gegner floss. Er fühlte sich stark und unschlagbar, jedes Teilchen in seinem Körper vibrierte. Seine Kraft und Coloss’ Hass waren im Kampf miteinander verschlungen. Plötzlich erschienen Risse auf dem Körper des Außerirdischen. Im nächsten Moment gab es eine gewaltige Explosion und der Eindringling war verschwunden.

Die nächste Mission

Cosmo trat aus der Schleimpfütze und hörte Applaus aufbranden. Er sah sich um und entdeckte Nuri und die anderen Agenten der G-Wache, die klatschten und jubelten.

„Cosmo, du hast es geschafft!“, rief Nuri.

G1 legte seine Hand auf Cosmos Schulter. „Du hast uns gerettet, Cosmo. Du hast die G-Wache gerettet“, sagte er.

Cosmo wischte Schleim von seinem Handschuh. „Das Schwert … wo kam das her?“, fragte er.

„Aus deinem Innersten. Es ist die äußerlich sichtbare Verlängerung deiner

Kraft und stark genug, um das Böse zu besiegen."

Cosmo zog seinen Handschuh aus, aber er konnte keine Spur des Schwerts erkennen.

G1 lächelte. „Es kommt wieder, wenn du es brauchst. Du hast gesehen, wie deine Kraft wirkt. Jetzt musst du entscheiden, ob du sie weiter nutzen und die Mission fortsetzen willst. Es gibt noch vier weitere außerirdische Eindringlinge, die uns angreifen wollen. Vier weitere Kämpfe warten auf dich. Bist du bereit, dich ihnen zu stellen?"

Cosmo überlegte. Vier weitere Angreifer, das würde gefährlich werden! Seine Mutter auf der Erde dachte, er wäre auf einer harmlosen Reise durch die Galaxie.

Aber die Galaxie brauchte ihn …

„Ich bin bereit!", rief er.

Alle Agenten in der Halle jubelten.

G1 lächelte, dann nahm er zwei Hoverboards und reichte Cosmo eins. „Folge mir, ich habe eine Überraschung für dich“, sagte er zu ihm.

Sie schwebten ein Stockwerk höher, wo die Raumschiff-Flotte der G-Wache stationiert war. Wartungsroboter waren bereits dabei, das Loch im Boden zu reparieren, durch das Coloss und Apeman gestürzt waren. Die Tore des Start- und Landefelds waren geöffnet und die Mechaniker waren emsig damit beschäftigt, die Raumschiffe zurück auf ihre Plätze zu lotsen. Mitten im Gewusel entdeckte Cosmo eine Gruppe Wissenschaftler, die stolz neben dem Dragster 7000 stand. Das Raumschiff schwebte leicht über dem Boden und die Schubdüsen brummten.

„Es ist getankt und startbereit“, erklärte einer von ihnen.

G1 sah Cosmo an. „Steig ein. Es gehört dir.“

„Mein eigenes Raumschiff?!“

„Unser bestes“, verkündete G1.

Das Schiff sank etwas tiefer und auf der Seite öffnete sich eine Tür. Cosmo trat ein. Alles glänzte neu und war mit

der modernsten Technologie ausgerüstet. Auf dem Kontrollpult saß ein kleiner käferähnlicher Roboter. „Willkommen an Bord, Master Cosmo“, sagte er.

Es war Hirn-I, der kleine Roboter, der ihm geholfen hatte, den Sternenkreuzer zu landen.

„Zum Einsatz bereit!“, fügte Hirn-I hinzu.

„Kommst du auch mit?“

„Wenn ich darf, Master Cosmo.“

„Ich auch“, sagte eine Stimme hinter Cosmo.

Er blickte sich um und sah Agentin Nuri an Bord kommen. „Falls du eine Copilotin brauchst“, sagte sie grinsend.

Cosmo lachte. „Aber klar. Das wird super!“

Er legte seinen Helm auf das Kontrollpult und setzte sich auf den Pilotensitz. Durch die Frontscheibe betrachtete er den roten Himmel über Garr. Hinter den Bergen spitzte der Planet Mingus hervor.

Draußen hörte er G1 in seinen Kommunikator sprechen. Einen Moment später kam der Chef der G-Wache an die Tür des Dragsters. „Ihr schnallt euch besser an und fliegt los“, erklärte er.

„Jetzt schon, Chef?“, fragte Nuri.

„Unsere interplanetaren Scanner haben einen zweiten Eindringling aufgespürt, der durch das 24-Dyaden-Sternensystem unserer Galaxie rast. Wir glauben, dass es Infernox, der Herrscher des Feuers, ist. Er fliegt in Richtung des Dschungel-Planeten Zaman, wo die Arzneimittel der Galaxie hergestellt werden. Sieht so aus, als wollte Kaos lebenswichtige galaktische Vorräte vernichten."

„In Ordnung, G1, wir machen uns auf den Weg", sagte Cosmo. Er schaltete die Triebwerke des Dragsters an. „Nuri, programmierst du bitte die Route nach Zaman ein?"

„Ja, Käpten."

Cosmo drückte auf einen Knopf und schloss die Türen des Raumschiffs, dann löste er die Halterungsklappen. Er gab Gas und der Dragster 7000 schoss mit einem gewaltigen Düsenstrahl aus dem geheimen Hauptquartier der G-Wache. Cosmo hatte den ersten Außerirdischen erfolgreich besiegt und war bereit für die nächste Mission.

„Infernox, wir kommen und kriegen dich!“

COLOSS

Coloss, der Berg des Bösen, greift das Hauptquartier der G-Wache auf dem Mond Garr an. Sein Körper besteht aus Felsen und seine Fäuste sind hart wie Stein.

Intelligenz	22
Schnelligkeit	65
Stärke	100
Einzigartigkeit	55
Kraft des Universums	60

MUCOSA

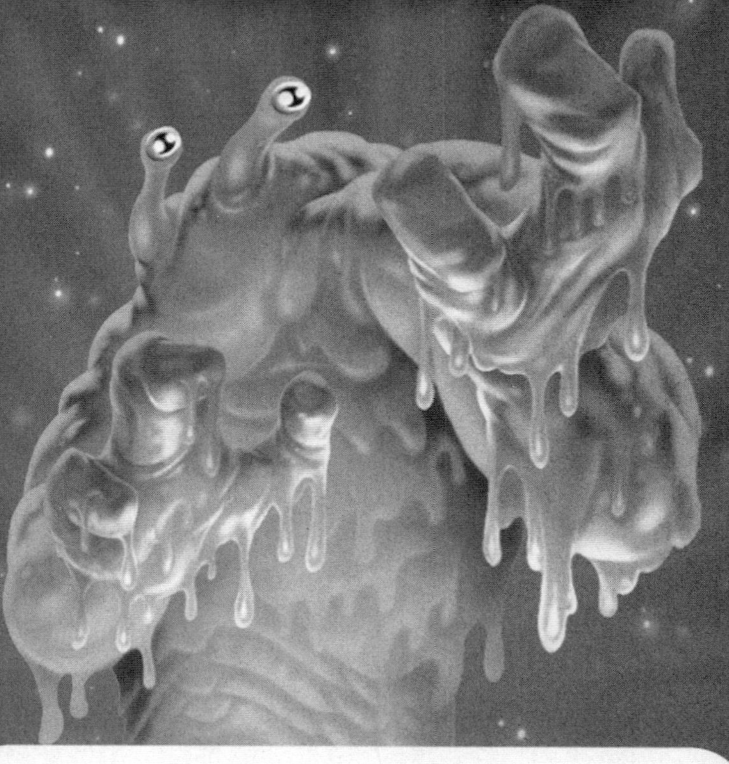

Mucosa ist ein Slugoid vom Planeten Agar. Dank seines klebrigen Schleims kann er jeden Angreifer in Sekundenschnelle lahmlegen.

Intelligenz	54
Schnelligkeit	8
Stärke	15
Einzigartigkeit	95
Kraft des Universums	48

DIE GALAXIE

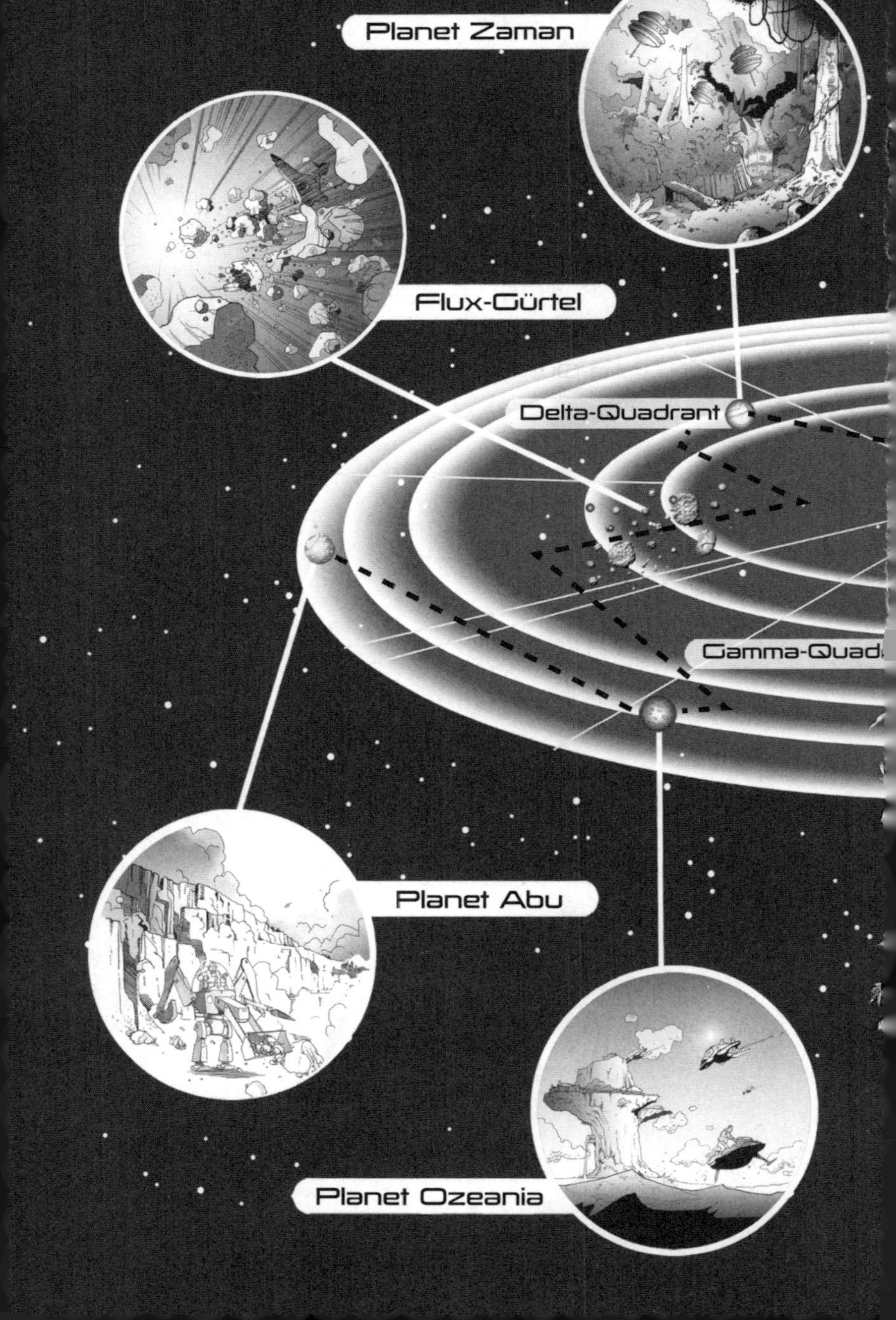
Planet Zaman
Flux-Gürtel
Delta-Quadrant
Gamma-Quad
Planet Abu
Planet Ozeania